ARTHUR
QWAK
ERIC
GRATIEN

DAS GESETZ DER WÖLFE

Fressenszeit

Erscheint im SPLITTER-Verlag GmbH ©1995
Gollierstr. 16
80339 München
Herausgeber: Hans-Jürgen, Janetzki
Druck: LITOSEI s.r.l. Bologna (Italien)

© 1995 Editions VENTS D'OUEST

3

ÄÄ HEMM!... NA JA... ICH SEHE, DU HAST DICH NICHT SEHR VERÄNDERT, KHURAL!... SAG MAL, SIND DEINE MÖNG KEI IMMER NOCH SO KLEIN?...

SEIT SCHAMANENGE- DENKEN WAREN NOCH NIE ALLE DREI KHANE IN EINER JURTE, OHNE DASS DIE SÄBEL SPRACHEN!

UNSERE KLANS SIND NICHT ZUSAM- MENGEKOMMEN, UM DIE LACHFALTEN IN DEINEM KÄSEGESICHT ZU ZÄHLEN, YEI TSI!!...

SCHLUSS!... WIR VERGEUDEN KOSTBARE ZEIT!'''

PTK

OI!'... ALTAN HAT GUT GESPROCHEN! '... AUSNAHMSWEISE '... DIESER KRIEG MUSS EIN ENDE HABEN, SCHAMAN BÖÖ! UNSEREN FAMILIEN DROHT DER HUNGERTOD!'''

'' DIE STEPPE IST VERÖDET WIE EINE UNFRUCHTBARE FRAU.

'... UND DAS BLUT IN UNSEREN ADERN SCHWIN- DET VON TAG ZU TAG,

'''WIR KREPIEREN, GENAU!

NOT GEBIERT TUGEND '''

SCHAMAN BÖÖ... WIR HABEN UNSERE WARMEN FEUER- STELLEN VERLASSEN, UM DICH ZU ERSUCHEN, DEN KHAN ZU ERNENNEN, DER UNSERE ZERSPLITTERTEN KRÄFTE EINT...

JETZT HAST DU DAS WORT

OI!

OI!

HMM!'...IHR HABT EUCH ALSO ENT- SCHLOSSEN!'... UND ICH SOLL JETZT EIN MACHTWORT SPRECHEN '... ÄHM! '... ICH, ODER VIEL- MEHR DIE SCHATTEN, DIE MIR ANTWORTEN WOLLEN '... ABER DANN MÜSST IHR DREI EUCH DEM SPRUCH FÜGEN, DEN ICH EUCH BRINGE '''

'... WIE ER AUCH SEI!

PAH! JEDENFALLS FÄLLT HIER NUR EINE STIMME INS GEWICHT '''

DIE MEINEN!!... HAHA HAHA HA!

HOHO HOHOHO HOHO!!

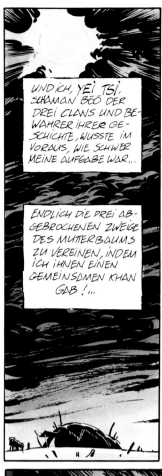

UND ICH, YEÏ TSÏ, SHAMAN BÖÖ DER DREI CLANS UND BEWAHRER IHRER GESCHICHTE, WUSSTE IM VORAUS, WIE SCHWER MEINE AUFGABE WAR...

ENDLICH DIE DREI ABGEBROCHENEN ZWEIGE DES MUTTERBAUMS ZU VEREINEN, INDEM ICH IHNEN EINEN GEMEINSAMEN KHAN GAB!...

WÜRDE DER SPRUCH DER SCHATTEN DEN FLUCH DIESES MÖRDERISCHEN BRUDERKRIEGS ABWENDEN? ¡TZÖÖ! HOFFENTLICH...

ES WÜRDE EINE LANGE BESCHWERLICHE REISE FÜR EINEN ALTEN SHAMANEN WIE MICH.

ACH!... HÄTTE BLOSS DIE ANDERE WELT DIE GEISTER UNSERES VOLKES DEMUT UND WEISHEIT GELEHRT!...

...TZIII!...

IN WAHRHEIT WAREN DIE VÄTER DAS EBENBILD IHRER SÖHNE... ERAN TAÏ... KHATIN... DÜRGHIZ...

...SIE WOLLTEN DIE MACHT FÜR IHR GESCHLECHT; ALLE DREI ERHITZTEN SICH IMMER NOCH BEI DER ERINNERUNG AN IHREN ALTEN GLANZ.

ICH ÜBERLIESS SIE IHREN FRUCHTLOSEN TRÄUMEN UND STIEG HÖHER UND WEITER, UM DIE VÄTER IHRER VÄTER ZU BEFRAGEN...

„„DIE WAREN GE-MÄSSIGTER IN IHREN ÄUSSE-RUNGEN...

„„ABER NICHT WENIGER ARRO-GANT, WAS IHREN THRONANSPRUCH BETRAF!/...

„„ERSCHÖPFT VOM AUFSTIEG ZU DEN QUELLEN DER DREI CLANS, LIESS ICH MICH AUF ENGERE PFADE ZUTREIBEN „„

„„WO ICH AUF ALLERLEI UMHER-IRRENDE GEISTER TRAF...

VERGESSE-NE KRIEGER „„ NAMEN-LOSE HELDEN „„

SCHATTEN UNTER DEN SCHATTEN „„

ICH MUSS ZUGEBEN, DASS ICH AN DIESEM PUNKT MEINER REISE KEINERLEI HOFFNUNG MEHR HEGTE, DEN NAMEN DES KÖNIGS ZU FINDEN, DEN MAN VON MIR FORDERTE.

DA RISS MICH EINE STIMME AUS MEINEN TRÜBEN GE-DANKEN...

OH SCHAMANE, DU BIST FAST AM ZIEL DEI-NER REISE.

WER SPRICHT DA?...

HIER, SCHAMAN BÖÖ! „„

WER BIST DU?

VERTRAU DIESEN AUGEN, DIE NICHT MEHR SEHEN„„ ICH KENNE DAS STÜCK WEGES, DAS DIR NOCH ZURÜCKZU-LEGEN BLEIBT.

ICH KONNTE NUR DEM SCHATTEN DIESES MANNES FOLGEN ... UND HOFFEN.

WOHIN FÜHRST DU MICH?

DER TRAUM IST GEWALTIGER ALS DU DIR VORSTELLEN KANNST, SCHAMANE ...

...UND ER VERBIRGT VIELE GESCHÖPFE

SCHICK DICH AN, DIE ZU GRÜSSEN, DIE DIR ANTWORTEN WIRD ...

... UND TRITT EIN IN IHRE WOHNUNG.

SARTANA! MUTTER ALL UNSERES ZAUBERS!

JA ... SARTANA IST EINER DER NAMEN, BEI DENEN MAN MICH MANCHMAL RUFT.

VERGIB MIR MEIN ERSTAUNEN, ABER ...

... ICH DACHTE, ICH ICH DARF DEIN ANTLITZ ERST SCHAUEN, WENN ICH SELBST EIN SCHATTEN WÄRE.

SEI BERUHIGT, SHAMANE ... DU BIST NOCH NICHT DAHINGEGANGEN.

SARTANA! ... EINE GERECHTE SACHE FÜHRT MICH ZU DIR ... UNTEN RAFFEN KRIEG UND HUNGERS-NOT UNSERE FAMILIEN HIN.

... JA, JA ... ALL DAS WEISS ICH ... UND ICH KENNE DEN NAMEN, DEN DU MITBRIN-GEN SOLLST ... ABER DU ... WAS WEISST DU? ...

6

"ICH?...ICH WEISS NUR, WAS ÜBER UNSER GESCHICK GEWEISSAGT IST... DASS EIN KÖNIG KOMMT, WENN DIE ERDE WEISS UND VERTROCKNET IST, DER AUS UNSEREN FAMILIEN EINEN EINZIGEN CLAN MACHT..."

"SCHON LANGE TRÄUME ICH DAVON, DIES ZU VOLLBRINGEN!"

SCHON LANGE TRÄUMST DU, YEI TSI!!..."

"...ICH WARF DEN KNOCHEN UND DEN PFEIL. ICH SCHLUG DIE TROMMEL, STOCHERTE IN DER RAUCHENDEN ASCHE... UND ALLE ZEICHEN HÄUFTEN SICH VOR MIR!..."

"GIB MIR SEINEN NAMEN UND ICH BRINGE DEN FRIEDEN."

FRIEDEN, SAGST DU?

GLAUBST DU WIRKLICH, DASS FRIEDE MÖGLICH IST?...

"...SCHEINEN MEHR VOM HERBEN DUFT DES BLUTES ANGEZOGEN ALS VON DER SÜSSE DES FLEISCHES..."

"...DIESE MÄNNER... DIESELBEN, DIE DICH SANDTEN..."

"...HM!... VIELLEICHT WOLLEN SIE AUCH NUR NACHSEHEN, WAS DAS FLEISCH AN LEBENDIGEM ENTHÄLT."

ICH BESCHWÖRE DICH, SARTANA... GIB MIR DEN NAMEN DIESES MANNES!

ICH KANN NICHT MIT LEEREN HÄNDEN ZURÜCKKEHREN.

DU BIST AUFRICHTIG, SCHAMANE, UND DEIN HERZ IST OHNE SCHATTEN... ALSO HÖRE!..."

DU WOLLTEST EINEN MANN, DOCH DER ERSEHNTE IST NOCH EIN KNABE!

"...EIN KNABE? ..." ABER ICH ...

"...UND DAMIT DU DIE DA UNTEN ÜBERZEUGEN KANNST, ERZÄHLE ICH DIR DIE GANZE GESCHICHTE VON ANFANG AN, WIE ES SICH GEHÖRT..."

"...UND WENN DU DEN KNABEN SIEHST, WIE ER IST, KANNST DU VIELLEICHT DEN MANN SEHEN, DER ER SEIN WIRD!

"...ICH BEGREIFE NICHT, WIE."

SAG JETZT NICHTS MEHR UND HÖR ZU! HIER IST DIE GESCHICHTE DEINES KÖNIGS, DIE GESCHICHTE VON SONJI.

ES WAR EINMAL IN EINER VOLLMONDNACHT JENSEITS DER BERGE, DIE AN DIE GROSSE STEPPE GRENZEN...

"...EIN MÄNNLICHER SÄUGLING, DER, WIE DIE DINGE DORT EBEN LAGEN..."

"...STERBEN SOLLTE... SCHNELL UND GEWALTSAM..."

7

DOCH DIESMAL
KONNTE VAYU,
DIE KRIEGERIN,
IHREN SCHMERZ
NICHT BEZÄHMEN
UND IHRE ABNEI-
GUNG GEGEN DIE
GESETZE IHRES
CLANS NICHT
VERBERGEN.

SIE FLOH UND
TRUG DAS
KIND IN DEN
ARMEN DURCH
REGEN,
NEBEL
...

,,,SCHNEE UND
STURM,,,

DOCH DER
RACHSÜCHTIGE
TOD WOLLTE
SICH HOLEN,
WAS IHM
VERSPRO-
CHEN
WAR
...

FÜNF JAHRE VERGINGEN. BALD NAHM VAYA TEMÜDJINALS GEFÄHRTEN UND VATER VON SONJI, IHREM KIND, AN... FÜNF JAHRE... DIE WÖLFE WAREN IN DIESER GEGEND HEIMISCH GEWORDEN UND SCHLICHEN UM DIE ANSIEDLUNG HERUM. IM STRENGSTEN WINTER DURCHQUERTE DAS RUDEL SOGAR DAS DORF.

E-NE ME-NE MU!...

MANCHMAL WURDE SOGAR EIN GREIS AUF SEINER EIGENEN SCHWELLE GETÖTET... UND VAYU WURDE VON EINER VERGANGENHEIT HEIMGESUCHT, AUS DER UNENTWEGT ERSTICKTE SCHREIE IHRE ERINNERUNG ÜBERSCHWEMMTEN,... UND IM SPIEL SCHRIEN DIE KINDER WAS SIE IM INNERSTEN DACHTE,...

DER BÖ-SE WOLF BIST DU!...

HIHIHI! SCHON WIEDER SONJI!

GILT NICHT! IMMER DEICHSELST DU'S SO, DASS ICH DER WOLF BIN.

GILT SCHON!...JEDENFALLS KANNST SIE GUT LEIDEN, DIE WÖLF...DU UN DEINE MAMMI

... UN MEIN VATTER SAGT, DASS DIE WÖLF ERS MIT DEINER MUTTER GEKOMM' SIN...

ELÜN!...DU ERZÄHLST DOCH IMMER DIESELBEN LÜGEN!

HI HI!... DIE IS 'NE HEX!

UN ER SAGT, ER HAT HIER VORHER NOCH NIE KEINE WÖLF NICH GESEHN... HEE! WAS!!

UN DU SCHMUST MIT STINKIGE SCHWEINE.

MOMENT MAL!

MIT DER ZEIT KEHRTE DER ZWEIFEL IN SONJIS GEIST EIN...

UND EINES ABENDS,...

SONJI!...SCHLAFENSZEIT!...

WAS TREIBST DU HIER OBEN? HM?... HAST DICH WIEDER MAL VERKROCHEN... WORAN DENKST DU?...

WILLST DU MIR'S NICHT SAGEN?...

WARUM SAGEN DIE ANDERN, DU BIS SCHULD, DASS WOLF GIBT?..UN ÜBERHAUPT, WIESO SAGEN SIE, DU BIS'NE HEX? WAR-UM?

12

"DURCH SEINE FRAGEN BEUNRUHIGT, WOLLTE VAYU IHREM SOHN SEINE LEBENSGESCHICHTE ERZÄHLEN... ABER SIE FÜRCHTETE, SONJI KÖNNTE SICH DARÜBER ZU SEHR AUFREGEN. SCHLIESSLICH BEGANN SIE, DA SIE DOCH IHR HERZ ERLEICHTERN MUSSTE, MIT FOLGENDEN WORTEN..."

"ES WAR EINMAL IN EINEM DORF, GANZ WEIT WEG VON HIER, EIN KLEINER JUNGE NAMENS DABRIEL..."

UN ISSES WAHR, WENN MAN SAGT: "ES WAR EINMAL"?

NATÜRLICH!... DAS BEDEUTET NUR, DASS ES NICHT JETZT PASSIERT... VERSTEHST DU?

ALSO HAT'S DABRIEL WIRKLICH GEGEBEN?

NATÜRLICH! UND DER KLEINE JUNGE MOCHTE ES ÜBERHAUPT NICHT, WENN MAN ZU IHM SAGTE: "TU DIES", ODER "MACH DAS"...

UND AUSSERDEM WAR ER SEHR STOLZ AUF SEINE BEKANNTSCHAFT MIT AIFA, DER GUTEN HEXE DES DORFES... UND AIFA LIEBTE IHRERSEITS DABRIEL SEHR!

EINES TAGES... GRIFFEN BLUTRÜNSTIGE KRIEGER DAS DORF AN UND WOLLTEN ALLE UMBRINGEN!!

... ALSO BESCHLOSS AIFA, DIE LIEBE HEXE, DABRIEL ZU RETTEN!... SIE LIESS IHN DURCH DIE LUFT FLIEGEN...

WEIT, WEIT WEG VOM DORF...

ALS ER ERWACHTE... WAR DABRIEL GANZ ALLEIN IN EINEM RIESIGEN WALD!... UND AUSSERDEM WURDE ES NACHT...

ZUM GLÜCK WAR DER MOND GERADE VOLL UND GAB IHM GENUG LICHT...

ABER BALD... SCHLICHEN SICH GROSSE, SCHWARZE SCHATTEN AN DABRIEL HERAN... WÖLFE! ES WAREN WÖLFE!!

"DIESMAL", DACHTE DABRIEL, "IST ES AUS... WENN MIR NICHT IRGENDWAS EINFÄLLT, FRESSEN MICH DIE WÖLFE"... UND AUF EINMAL... KAM IHM EINE IDEE...!

ER GING AUF ALLE VIERE NIEDER, SAGTE KEIN WORT UND LECKTE SICH DEN ARM, WIE SICH EIN WELPE DIE PFOTEN LECKT...

UND AUF EINMAL ZÖGERTEN DIE WÖLFE, SCHAUTEN SICH ALLE AN UND LIESSEN SICH UM DABRIEL NIEDER, ALS WÄRE ER EIN KLEINER WOLF!!

AIFA DIE HEX HAT'N VERZAUBERT!...

GLAUBST DU?... DU MEINST, AIFA HAT IHN GERETTET?

JA WEIL DIE HEX HAT DEN DABRIEL GELIEBT UN SIE IS IHM NACH IN DEN WALD!... STIMMTS ODER HAB ICH RECHT?!...

GENAU! DAS IST WAHR... DU HAST ES ERRATEN, SONJI... HM!... UND DANN? DANN IST DABRIEL FÜR IMMER BEIM RUDEL GEBLIEBEN... WIE EIN RICHTIGER WOLF...

... UND JETZT MACH DIE AUGEN ZU UND TRÄUM WAS SCHÖNES!

MAMA?

HM?

ERZÄHLST DU MIR DIE GESCHICHTE VOM DABRIEL WEITER?

JA!... ABER JETZT SCHLAF! GUTE NACHT.

15

13

...UND JETZT ...
HÖRE! HÖR DEN
DURCHDRINGENDEN,
ALLES ERSCHÜTTERN-
DEN LÄRM EINES
UMSCHLAGENDEN
SCHICKSAS!...

DER WINTER WAR
DA, UND DAS
RUDEL, UND DIE
WUT DER MÄNNER...
NOCH FÜNF JAHRE
VERGINGEN,
BIS SIE SICH ENT-
SCHLOSSEN,
IHRERSEITS
JÄGER ZU WER-
DEN.

16

ES DÄMMERTE SCHON, ALS SICH DIE MÄNNER SAMMELTEN, UM IHRE VERLUSTE ZU ZÄHLEN. DREI WAREN VERWUNDET, ABER NICHT IN LEBENSGEFAHR... NUR ZWEI JÄGER FEHLTEN BEIM APPELL...

ELÜN...

...UND SONJI.

18

DU HAST'N GERETTET, JETZ ISSER DEIN KUMPEL !...

DU HAST SCHWEIN, JUNGE !

...SCHÖN! ... ES IS'NE ZIEMLICHE STRECKE BIS UNTEN ... LOS! DER ERSTE BEI DEM GROSSEN FELSEN DORT HAT GEWONNEN!

YAOU!!

ICH BIN TSCHAL KURYUK, DAS ZAUBER-PFERD! ...

ARF ARF ARF!!

HOPPLA!

ALLEIN MIT SEINEN TRÄUMEN DURCHLEBTE DER KNABE EINE LANGE ZEIT DER WANDERSCHAFT, DEREN GESCHICHTE ICH NICHT ERZÄHLEN KANN, WEIL SIE AN IHREM BUSEN DIE SCHATTEN UNZUGÄNGLICHER GEHEIMNISSE BIRGT ...

DREI JAHRE VERSTRICHEN, BEVOR SONJI DAS WAHRE AUSMASS DER STEPPE ENTDECKTE ...

UND DES KRIEGES,

19

MRH
!...

WIR SIND DA,
VATER.

IST... IST DER
ÖBOO NOCH
DA?

DIREKT
VOR UNS,
WENN'S DICH
BERUHIGT!

MMPF!
HILF MIR,
TORAI, MEIN
SOHN...

ICH WILL
IHM MEIN LE-
BEN GEBEN
...

WIE EINST
MEIN
VATER...

RHÖÖ
!...

WAS IST
LOS?
WARUM
SCHREIT
KU'RUAN
SO?
TORAI, WAS
SIEHST
DU?

ICH SEHE
EINEN
KNABEN
...

EINEN KNA-
BEN?... RUF
IHN HER
...

NICHT
NÖTIG...
ER KOMMT
AUF UNS
ZU.

RUF
IHN,
SAG ICH!

STMP

JA...
KOMM,
KLEINER
...

KOMM... LASS
MICH DEIN GESICHT
BEFÜHLEN...

KEINE
ANGST
!

20

21

TORAÏ, DER LETZTE LEBENDE SOHN SANTAÏ
SCHAANS KEHRTE ZUM TRAURIGEN REST
SEINES CLANS ZURÜCK. DIE LETZTEN TAZHIREN
HATTEN SICH AUF IHREM LANGEN RÜCKZUG
VEREINT, VOM FEIND UMSTELLT, HATTEN SIE SICH
UNTER GENGIT, DEM LIEGENDEN FELS,
VERSCHANZT.

23

ER HAT IHN,
ER HAT IHN!

YOO!

NIMM IHN!
LOS, NIMM
IHN!

NIMM IHN
UND LAUF
!!

24

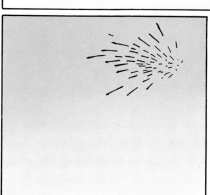

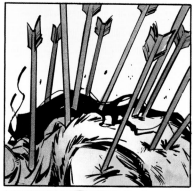

UNSERE STUNDEN SIND GEZÄHLT, BRÜDER.

WIR BRAUCHEN DRINGENDST EINEN PLAN!

OI!

FLIEHEN WIR IN DIE BERGE. DIE NACHT IST MONDLOS UND WIRD UNS VERBERGEN.

KIPTSCHÜK VERGISST DEN SCHNEE... EIN BLINDER KÖNNTE UNSEREN SPUREN FOLGEN.

UND MIR TUN DIE FÜSSE WEH.

AL BARRÜK! WOLLEN MEINE BRÜDER LIEBER STERBEN, OHNE ETWAS ZU UNTERNEHMEN?

NEIN, OGEI!...ABER ICH HÖRE STÄNDIG MEINEN MAGEN KNURREN...DAS HINDERT MICH AM DENKEN!

DER TOD WITTERT UNS...

OI!...DER LIEGENDE FELS SCHÜTZT DIE TAZHIREN! SOLANGE ER UNS SCHÜTZT, KÖNNEN WIR PLANEN.

UND WAS TREIBT KHURAL? ER MUSS DAS BÜNDNIS RESPEKTIEREN!

JA!...ER MUSS UNS HELFEN! SCHICKEN WIR IHM EINEN BOTEN.

EINEN BOTEN?!...ZU FUSS?!... GUBAIS KOPF IST WEICH WIE GEKOCHTES GEMÜSE... BIS DER DORT IST, BLÜHEN DIE FRÜHLINGSBLUMEN UM UNSERE LEICHNAME!

...VATER! HILF MIR!

HIHIHI! VIELLEICHT GALOPPIERT JA GUBAI WIE EIN BRÜNSTIGER HENGST.

PFF!

...NUR EIN ZEICHEN, NUR UM MEINE ANGST ZU VERSCHEUCHEN.

BRFFFF

TORAI!... SPRICH ZU UNS

...ZÖGERE NICHT, TORAI!... SPRICH ZUM CLAN, SPRICH! ...JETZT!

DIE MÄNNER ERWARTEN, DASS DU...

UND DIE ZIEGE WARTET NICHT, BIS SIE DEN WOLF SIEHT, UM SICH EIN VERSTECK ZU SUCHEN!

?!...

EIN HÄUPTLING BIST ...

EIN GROSSER HÄUPTLING!

WER KANN AN DEM KRIEGER ZWEIFELN, DER ZURÜCKKEHRT UM MIT DEN SEINEN ZU STERBEN?

BRÜDER, TAZHIREN!... ICH HATTE GELOBT, MEINEN VATER ZUM GIPFEL DES OBOO ZU BRINGEN... SANTAI SCHAAN WURDE ALSO EIN STANDESGEMÄSSER TOD ZUTEIL...

VOR IHM TAT SICH DIE UNSICHTBARE WELT AUF, UND DER HAUCH DES HIMMELS DRANG AN SEIN OHR UND AUS SEINEN LETZTEN WORTEN...

26

„...SIE SAGEN UNSEREM CLAN EINE GROSSE ZUKUNFT VORAUS!... ER- FÜLLEN WIR SIE MIT NEUER, UNVERBRAUCH- TER KRAFT!

MORGEN!... VOR DEM ER- STEN TAGES- LICHT GREIFEN WIR AN, DIE WAFFEN IN DER FAUST!... EIN ÜBERRA- SCHUNGSANGRIFF IST UNSERE RET- TUNG!

DER SCHNEE WIRD DAS BLUT DES FEINDES TRINKEN...

ICH HABE GESPRO- CHEN!...

„...

DEIN MUT IST GROSS, TORAI, ABER... WIR SIND ZER- MÜRBT!

OI!... DER FROST HAT UNSERE GLIEDER GEFRESSEN!

ICH SPÜR MEINE HÄNDE NICHT MEHR!

DER MARSCH ÜBER DAS VER- SCHNEITE FELD WIRD GRAUSAM!...

DAS IST UNSER ALLER TOD!

IHR WAGT ES?!

SIE SIND MINDESTENS ZWEIHUN- DERT UND WOHLGE- NÄHRT.

SCHLUSS!

UNSERE SCHÄDEL WERDEN DIE FLANKEN IHRER PFERDE ZIEREN!

SCHLUSS!

MEMMEN! ICH SEHE NICHTS ALS MEMMEN!

WO SIND DIE STOLZEN TAZHIREN GEBLIEBEN?!

VERDAMMT!... HIER!... VOR DEINER NASE, ERLEDIGT, UND DEIN ZORN IST IHNEN ZU WENIG, TORAI!

„...DU KLÄFFST WIE DER TOLLE HUND, DER DU IMMER WARST!...

MACH DOCH DIE AUGEN AUF! DIESE HUNGER- LEIDER BRAUCHEN WAS ZU BEISSEN, BE- VOR SIE KÄMPFEN!!

JA, GUBAI, DA SIND SIE!...

HUNDERTE UND ABERHUNDERTE YAKS, GENAU VOR UNS... ALL DIESES FLEISCH... ZU GUT BEWACHT!

DANN IST ES WAHR... DER JUNGE... HATTE RECHT!

JA!... ABER WAS HAT ER VOR?... RHAAA! DAS MACHT MICH NOCH WAHNSINNIG!...

WAS HAT ER BLOSS VOR?

OGEI, BIST DU DAS?...

?!... NEIN, ICH BIN TAITSCHIK...

OGEI! TROJDÜ! HIHIHI! TROJDÜ, DU SPINNER, DU SIEHST AUS WIE EIN IGEL!

HIHIHI!!

WWHHOOOOO WWWHOOOOOO WHOOO WWWHOOO WHOOOOOOOO

BDMBDMMBDMBRMMBRMDMBRMDMBDMDRMBMRB

IBDRMBDMRDMRBDMRBDRBRMBDMRDI

BRMDMBDMRDRMBDMRBDRMBRDMBDMRBDMRBDMM

HKAAA

YEHAA!

IN NUR EINER NACHT
WAR EINE LEGENDE
GEBOREN.

IM SIEGESTAUMEL
BEJUBELTEN DIE
TAZHIREN IHREN
RETTER WIE EINEN
KÖNIG.

SONJI SAGTE
IHNEN DANN,
WAS DIE ZU-
KUNFT FÜR SIE
BEREIT HIELT.

SIE HATTEN
GESIEGT. DIESES
LAND GEHÖRTE
IHNEN, UND SIE
WÜRDEN DAFÜR
SORGEN, DASS SICH
DAS HERUMSPRACH
...

"
AM ABEND
SCHMAUSTEN
SIE WIE KHANE
"
SIE SANGEN
UND TANZTEN,
UND...

... IM MORGEN-
GRAUEN WAR
SONJI
IHR HÄUPTLING.

SO WIRD
EIN
KÖNIG
GEBOREN.

DER BLAUE
WOLF?

... UND
NUN, SCHAMAN
BÖÖ DER
DREI CLANS,
BIN ICH
MÜDE
...
DER MOND
STEHT
TIEF
...
ES IST HÖCHSTE
ZEIT, DASS
DU ZU DEN
DREI KHANEN
ZURÜCKKEHRST
UND IHNEN DEN
ORAKELSPRUCH
ÜBERBRINGST.

ABER!

... IST ER
DER
KOKBORÜ?

KLEINES
...
KLEINES
HIRN
...

"... RN
MIT
BLAUBEE-
REN"

ES
SCHUNKELN
DIE
SCHINKEN
UND KOCHEN
DIE
KEULEN
...

SCHÖN BLUTIG
...
DUFTEND,
LECKER
SCHMECKEND

MIAM!

SO,
SCHLIESST
SARTANA
IHREN
BERICHT
...

MISS SARTANA
HAT HUNGER...
SIE ZERSTREUT
SICH... DER
SCHAMANE HÖRT
MISS SARTANAS
MAGEN GLUK-
KERN...

GLUPS!

MOND, DER AUF-
STEIGT, STEIN,
DER FÄLLT...

"WAS BEDEUTET
DAS SCHON DER
HERRIN SARTANA
PAPILLON?"

HIHIHI!

SARTANAPAPILL,
OH GEFRÄSSIGE,
DIE DU DIR DIE
FINGER LECKST...
VERGESSEN DER
SCHAMANE, DER...

SCHMETTERLINGE⊗
IN DER LUFT
STEIGEN MIT DEM
MOND AUF

KLING KLANG!

BESTECK AUF
PORZELLAN UND
GLAS

SARTANAPAPILL
FLETSCHT DIE
ZÄHNE UND
FRISST...

⊗ FRANZ: PAPILLONS

UND DIE MÄNNER
WARTEN, AHNUNGS-
LOS, WIE EIN
HÄUFLEIN PAPIL-
LEN...
HIHIHI!...
UND DIE LEERE.
SARTANAS KOPF,
DER SCHMERZT,
ALS FLÖGEN DIE
SCHMETTERLINGE
DAVON

VERDUTZTER
SCHAMANE

BOCK

ALTER
SÜNDENBOCK...

FORT!!!

LAUF! FLIEG!... SUCH DIE KHANE, VERSAMMLE DIE CLANS, BRÜLL DIE FROHE BOTSCHAFT, DASS SICH DIE STEPPE WIEDER MIT JURTEN BEDECKT, DASS DIE ZWEIGE DES MUTTERBAUMS VEREINIGT SIND... ALLE!...

"DASS ALLE KOMMEN SOLLEN, DIE VON TAISCHUT, DIE SCHWARZEN PRIESTER DES KITAN, DIE NOMADEN DES OSTENS, DIE AUS KHARA-OBO UND IHRE KRIMINELLEN VEREINIGUNGEN...

"UND DASS ALLE DAS KOMMEN IHRES NEUEN KÖNIGS ERWARTEN SOLLEN... ALLE ZWEIGE, WIE EIN STRAUSS IN EINER FAUST VEREINT... SONJI QAGAN!...

DIE SCHATTEN HABEN GESPRO-CHEN...

ER IST DER EINE, DER AUSER-WÄHLTE!

UND DASS BLABLABLA!...

DIE SECHS HIMMELS-RICHTUNGEN GEHOR-CHEN HEUTE DEMSELBEN WILLEN!

SEINE WEISHEIT IST UNERMESSLICH WIE DIE STEPPE.

DIE GÖTTER SIND MIT IHM AUF DU UND DU! ER FÜLLT DIE KESSEL!!

SIEH IHM NICHT IN DIE AUGEN, SONST LIEST ER DEINE GEDANKEN.

NACHTS KEHRT ER ZU DEN JURTEN ZURÜCK...

ER SOLL SOGAR WUNDER WIRKEN.

BRINGT MIR MEINE BESTEN STIEFEL!

... UND KINDER, DIE NICHT BRAV SIND, FRISST ER AUF.

SCHEISS-HOSE!

DU HAST ZUGENOM-MEN!

SONJI QAGAN GRÜSST DICH, OGODEI KHAN, SOHN VON DÜRGHIZ!

SEI GEGRÜSST, SONJI QAGAN, GELIEBTER DER SCHATTEN, FRIEDE MIT DIR, STRAHLENDE SONNE...

... GERUHE, ALS ZEICHEN MEINER EWIGEN ERGEBENHEIT MEINE KOSTBARSTEN JUWELEN ANZUNEHMEN!

MEINE YAK-HERDE!!

EIN UNSCHÄTZBARER REICHTUM, WIE DU BEREITS FESTSTELLEN KONNTEST.

FÄNGT JA GUT A...

?!!

OGODEI, DU BAUERNTÖLPEL!...

DEIN HERZ IST... GROSS, OGODEI, ICH NEHME DEINE GABE AN.

ICH WERDE DIE YAKS HÜTEN, AUF DASS SIE DER STEPPE REICHTUM BRINGEN

GEH IN FRIEDEN, GETREUER BUNDES-GENOSSE!

DER BENGEL HAT IHN EINGE-WICKELT

" DU MISTKÄFER!... DEIN SCHNURRBART, FETTER MAULWURF, KÜSST EINE ERDE, DIE DIR NICHT MEHR GEHÖRT!

SONJI QAGAN GRÜSST DICH, ALTAN KHAN, SOHN VON ERAN TAI.

SEI GEGRÜSST, SONJI QAGAN, GELIEBTER DER SCHATTEN... VERGIB MEINE LEEREN HÄNDE "

DIE WAFFEN-KUNST IST EIN GESCHENK, DAS NIE PEINLICH IST "

44

DOCH WISSE, DASS IN DIESEM AUGENBLICK UNSERE STIMMEN DIE OHREN MEINER BOGEN-SCHÜTZEN ERREICHEN!

ICH NEHME DEINE GABE AN, ALTAN,"

ICH HABE SCHON VON DER TAPFER-KEIT DEINER TRUPPEN GEHÖRT "...

SIE KÖNN-TEN EINEN WEITEREN KOMMAN-DANTEN BRAUCHEN!!...

SEI GE-GRÜSST, GE-LIEBTER DER SCHATTEN!!

KÖPFE FAHREN HERUM,... IN ALLEN WOHNEN HINTERGEDANKEN... DIESER MEINT, EINEN TRUMPF IM ÄRMEL ZU HABEN...

KHURAL KHAN GELOBT DIR GE-FOLGSCHAFT UND... ĀĀH!...

KHURAL, BLÖDER AFFE.!... DEINE UNKENNTNIS DES PROTOKOLLS KOMMT AUS-NAHMSWEISE GELE-GEN!!

... NIMM MEINE JÜNGSTE TOCHTER AN, SONJI!... HÄHÄ!!

KOMM SCHON!

SIE WIRD DIR EINE GUTE FRAU SEIN ...

"... ERGEBEN UND... ĀĀH!... ERGIEBIG UND...

"... SIE KENNT DIE SPRACHE DER FRAUEN.

47

DEBAK QAGAN!

SCHÖN, SCHÖN!... BRAVE KLEINE AIKIN!... SIE WIRD UNS... SIE WIRD *DIR* EINEN GESUNDEN ERBEN SCHENKEN... HÄHÄ!...

KAYUMA ISGOHT, PAINA YAIKA SONJI QAGAN...

NICHT ÜBEL, DIE KLEINE... EIN VERSCHLAGENES, LÜSTERNES TIER... KHURAL, DEIN DOPPELMUND PASST DIR WIE ANGEGOSSEN!...

DEINE GABE ENTZÜCKT MEIN HERZ, KHURAL!

STETS ZU DIENSTEN, SONJI!

"... UND EIN LANGES LEBEN!..."

EIN SEHR LANGES! HÄHÄ!!

IM GROSSEN UND GANZEN LIEF ES FAST NORMAL...

DIE NEUEN BILDER HABEN ANTANS IKONEN ERSETZT...

DER RIEGEL IST VER-RIEGELT...

ABER BEIM KOT VON BOK MURUN, WARUM ?!

...WARUM FÜRCHTE ICH MICH SO VOR DIESER NEUEN WELT ?... DER FRIEDE SCHEINT SO FLÜCHTIG...

WOOF WOOF WOOF

HE, DU...!

IST DEIN HERZLOSES HERR-CHEN HEUT ABEND BEI SEINEN ZWEI-BEINIGEN BRÜ-DERN ?

...DU HAST KEINE AHNUNG VON DEN RÄNKEN DER MEN-SCHEN... SOLANGE DEINE SCHÜSSEL VOLL IST, HAST DU KEINE SORGEN...

...MMM !!... RECHT HAST DU. ICH BIN BLOSS EIN ALTER ANGSTHASE... VIELLEICHT, WEIL MIR SCHEINT, ICH GEHÖRE NICHT MEHR ZU DIESER ZUKUNFT...

...ICH BIN ALT... EIN SCHWERES HERZ MUSS DIE BÜRDE DER STERBENDEN SEIN...

SIE BEKOMMEN NUR, WAS SIE VERDIENEN

WOOF WOOF WOOF

SHAMAN BÖÖ, LEHRER UND FREUND...

LINGERN !!...

"ES GIBT EIN GEHEIMNIS, DAS ICH NICHT LÄNGER WAHREN KANN ... ICH BIN AUCH ALT ... ICH MUSS MEINE SEELE ERLEICHTERN..."

UNSERE VISIONEN SIND NICHTS, LINGERN.! WIR SEHEN NUR UNSEREN EIGENEN TOD !

MACH DIR NICHTS VOR, YEI TSI, ICH SPRECHE NICHT VON VISIONEN, SONDERN VON EINER WIRKLICHKEIT VOLLER SCHREK-KEN.!!...

NACHDEM SONÜ DIE YAKS GEBRACHT HATTE, UND ALTANS SCHÜTZEN BESIEGT WAREN... SCHIEN ES, ALS TRIEBE UNS EINE KRAFT VORAN, DIE WIR NICHT BEGREI-FEN ...

NICHT DER SIEG ... EIN RAUSCH ...

EIN FREMDER, PERVERSER GEIST ERGRIFF VON UNS BESITZ ... UNSERE QUALEN HATTEN EIN ENDE, UND DOCH WAREN WIR ... UNBEFRIEDIGT !!

WIR BRAUCHTEN MEHR, WIR BRAUCHTEN... MÖGEN UNS DIE GÖTTER VERGEBEN !...

WIR ERNÄHRTEN UNS NICHT VON YAKS

EIN BARBARISCHES BLUT POCHTE IN UNSEREN SCHLÄFEN...

"EINE ... EINE URALTE LUST, DIE WIR OFT VER-GESSEN ...

DAS FLEISCH DER SCHÜTZEN WAR SO ZART,!... WIR WEIDE-TEN UNS DARAN... MIT HÖCH-STER LUST !!...

EIN BARBA-RISCHES BLUT POCHTE IN UNSE-REN SCHLÄFEN... DAS WAR NICHT UNSER BLUT!

...DAS WAREN NICHT UNSERE GEDANKEN...

...UNSERE ADERN DURCHSTRÖMTE DIE LUST EINES FREMDEN !!

"DIE"... DIE LUST EINES FREMDEN... DAS... DAS WAR NICHT UNSER BLUT... DAS...

... WAR DAS BLUT DER BESTIE!

SARTANA?

DIE BESTIE WAR GLEICH- ZEITIG IN UNS UND FRASS MIT UNS!!
...

ICH HAB NOCH HUNGER!

AUCH HERRIN SARTANA ... PAPILLEN FLATTERN... UND SIE BESTELLT...

HIRN MIT BLAU- BEEREN ...

HIHIHI! ... ALL DIE AUGEN ... WIE TELLER...

ES SCHUN- KELN DIE SCHINKEN UND KOCHEN DIE KEULEN ...

... DENN MEINE HERRIN WILL JETZT FRESSEN!

49

VIERZIG MERGENEN
QUERTEN DEN
BLUTSTROM

VIERZIG MERGENEN
SAHEN KOK BORÜ
DEN GROSSEN
BLAUEN WOLF

DER KNURRT
UND ZUSCHLÄGT
WIE DONNER
UND BLITZ

SAHEN KOK BORÜ
DESSEN HAUPT
DEN MOND STREIFT

VIERZIG MERGENEN
KAMEN BIS ANS
ENDE DER WELT

FOLGTEN
DER SPUR
DES GROSSEN BLAUEN WOLFS
DES GIGANTEN DER STEPPE

ZOGEN IN DEN KRIEG
UND
SIE FRASSEN
DIE GANZE ERDE

UND
SIE FRASSEN
DIE GANZE ERDE